我是小资系列

可以坚持也可以不坚持的50个好决定

作者 / 科琳·德乐弗斯
绘者 / 艾乐诺尔·族拜
译者 / 张晔

長春出版社
全国百佳图书出版单位

（好的）决定

定义：

决定

思考后的产物。通常会不了了之。

通常地说：做出好的决定能让我们得到提高和改善。

通俗地说：就是下定决心，脚踏实地，努力地迫使自己去做一件事。

通常，决定与坚定和勇气有关联

决定可以是：好的，坚定的，绝望的，美妙的，悲壮的，疯狂的，致命的，命中注定的……

按理说，

一个好的决定应该是经得起时间考验的。但可惜，很多好的决定都是见光死。

传统上说：

好的决定总是在一些非同凡响的时刻做出，**比如新年，生日，婚礼，离异……**

时期：

做出好决定的关键时期是**年初和开学时**，

做出好决定的关键时期是年初和开学时，做出好决定哦，但这不是说其他时候就不能做出好决定哦，因为好的决定有时可以一年中出现几次哦！

使用手册:

本手记可以顺序填写，也可以随便填写。

你可以用数字把你的所有决定，按重要程度，或时间顺序进行排序，

并坚持下去

（或者放弃），

或者推迟到10年以后执行。

有些好决定是会自相矛盾的，不要担心。

好决定是一定经得起自相矛盾的考验的。

在本手记中，你还可以记下自己的小体会，和那些属于你的好决定（见个人标注）

当然，我们没有忘了附上未来10年的日历，以便你要推迟执行时间哦……

我的所有好决定。

方法：

请使用圆珠笔，因为用铅笔的话，两天后可能就会被你擦掉。

其他（请详细写出）：

好决定得出日期：

执行日期：

或者推迟到：

______年

个人笔记。

好决定 No.___

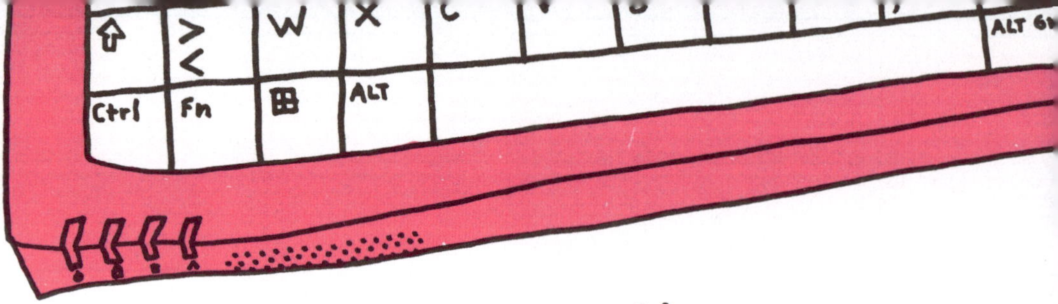

我要专心工作。

方法：

我不再每5分钟就给他打电话。我不再用上班时间下载音乐。我也不再偷偷地在办公桌下涂脚趾甲油。

其他（请详细写出）：

好决定 No.___

好决定做出的时间：

开始执行时间：
或者推迟到：

___年

小游戏

在开始工作前，可以试试这个可笑的游戏哦，图个开心哦。开始吧！……

① 删除 MP3 上的曲目：

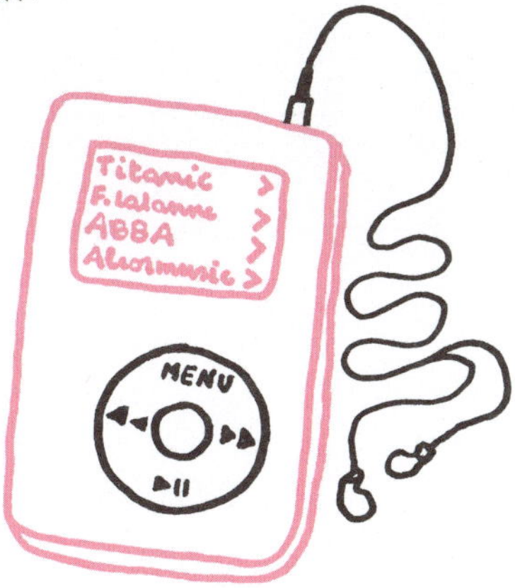

② 随心所欲地涂指甲：

③ 拿出化妆镜，每 5 分钟就破译一下这个神秘的句子：

我不再给我的你打电话了！

学会分工

好决定 No.___

我让他做饭
我让他熨衣服
我让他换尿布
我睡午觉

其他（请详细描述）：

好决定做出时间：

______年______月______日

从何时开始执行：

年：

月：

日：

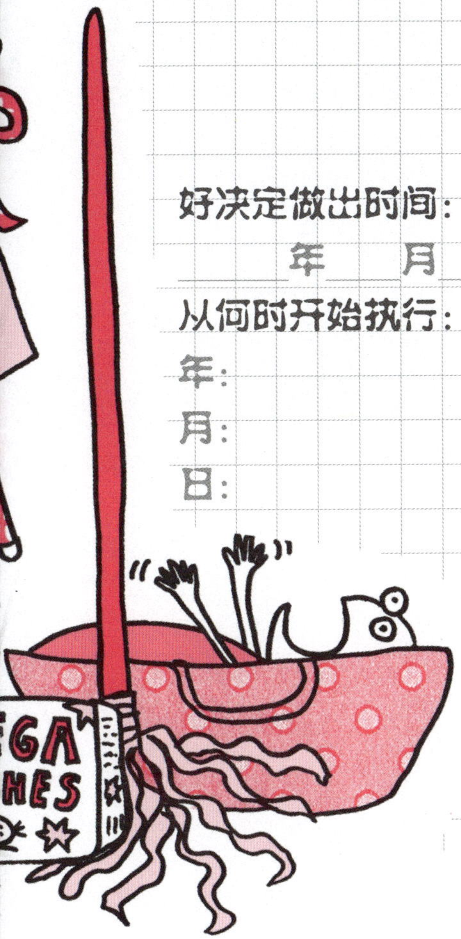

或者推迟到：

______年

我对自己有信心。

方式：尚不清楚，但我毫无疑问一定会找到！

其他（请详细描述）：

个人笔记

好决定做出时间：

____年____月____日

从何时开始执行：

年：

月：

日：

或者推迟到：

____年

好决定 No.____

我有条不紊

同时也会占有一点别人的时间，俗话不是说，要学会分享吗……

其他（请详细描述）:

个人笔记

好决定做出时间:

从何时开始执行:

或者推迟到:

______年

✱ 然后推荐给一个你不是太喜

好决定 No.____

人，做一下这个游戏

我决定不再吃宝宝的零食了

好决定做出时间：

_____年_____月_____日

从何时开始执行：

年：

月：

日：

好决定 No.___

方式：我要给自己买属于我的零食
和属于我的点心
和属于我的果酱
和属于我的糖果（我把它们藏到我的内衣堆里）

其他（请详细描述）：

或者推迟到：

我不再煲电话粥

其他（请详细描述）：

个人笔记

好决定做出时间：

从何时开始执行：

或者推迟到：

________年

好决定 No.____

方式：

我从办公室里给闺蜜打电话（虽然我知道那是工作时间），我借我老公的电话打，我不再每 5 分钟就给妈妈打个电话（我知道这一点已经说过了）。

打光老公的电话费！！！

避免打给狗，胡萝卜，婆婆和秤……

我要充实自己。

其他（请详细描述）:

个人笔记

方式：

《瑞丽服饰》《时尚芭莎》
《世界时装之苑》《都市丽人》
《女友》《上海服饰》，
我订它们！

好决定做出时间：

从何时开始执行：

或者推迟到：

______年

我注意饮食平衡

好决定做出时间：

年

月

日

从何时开始执行：

年

月

日

或者推迟到：

______年

好决定 No.____

个人笔记

方式：

我丢掉我的零食，
我的甜点，
我的果酱还有我的糖果。
我把生胡萝卜当零食……
我是说有可能。

其他（请详细描述）：

我心平气和

方式：我重复：我平静，我美丽，
我平静，我美丽，
我平静，我美丽……

其他（请详细描述）：

好决定 No.____

好决定做出时间：______年____月____日

从何时开始执行：______年____月____日

或者推迟到：

______年

我要来个大变身

好决定 No.___

其他（请详细描述）：

方式：

我不是看上去苗条，我就是苗条。
我不是看上去聪明，我就是聪明。
我不是看上去年轻，我就是年轻（而且漂亮）。
我不是看上去有效率，我就是……我想说什么来着？

个人笔记

好决定做出时间：
年 月 日
从何时开始执行：
年：
月：
日：

或者推迟到：
年

我说不就是不！没啥好商量的。

个人笔记

其他（请详细描述）：

好决定 No.___

好决定做出时间：

______年______月______日

从何时开始执行：

年：

月：

日：

或者推迟到：

__________年

我去看心理医生

但我避开那些精神病，那些精神病和那些精神病。

其他（请详细描述）：

个人笔记

好决定做出时间：

____年____月____日

从何时开始执行：

年：

月：

日：

或者推迟到：

____年

好决定 No.____

好决定 No.____

方式：

我给自己打造了一个新造型：貌似蜻蜓的七星瓢虫，我打算一年都保持这个样子。

其他（请详细描述）：

好决定做出时间：

____年____月____日

从何时开始执行：

年：

月：

日：

我不再请病假了，
因为我这周的星座
运程不佳！

或者推迟到：

＿＿＿＿＿年

我不再说婆婆坏话了

方式：

我要跟心理医生说说这事。
我假装她不存在，
要是她不存在就好了……

个人笔记

其他（请详细描述）：

好决定做出时间：
____年____月____日
从何时开始执行：
年：
月：
日：

或者推迟到：
____年

把不符合你的好婆婆的词汇划掉：

好决定 No.____

好决定 No.____

我三思而后开口。

方式：……

其他（请详细描述）：

个人笔记

好决定做出时间：

______年______月______日

从何时开始执行：

年：

月：

日：

或者推迟到：

______年

我变变变，
大变身。

俗话说，人靠衣服马靠鞍。就算是我穿得像牧羊女，也不说明我就住在乡下哦。

其他（请详细描述）：

个人笔记

好决定做出时间：

______年______月______日

从何时开始执行：

年：

月：

日：

或者推迟到：

__________年

过家家游戏!

我不再把
今天的工作拖到明年。

方式：

我放弃
去年留下的
所有工作，
从头开始。

其他（请详细描述）：

好决定 No.___

好决定做出时间：

____年____月____日

从何时开始执行：

____年____月____日

或者推迟到：

____年

好决定 No.____

我不再
以休息为由，
看那些乱七八糟的
连续剧了！

其他（请详细描述）：

好决定做出时间：______年______月______日

从何时开始执行：______年______月______日

或者推迟到：

______年

个人笔记

方式：

我把电视从窗户里扔出去。

我剪了天线，或是捐给慈善组织。

否则我永远做不到。

好决定做出时间：

____年____月____日

从何时开始执行：

年：

月：

日：

个人笔记

我不再怨天尤人。

其他（请详细描述）：

或者推迟到：

____年

好决定 No.___

就算是我老公老是不在家，
就算是我的脸色吓人，
就算是孩子们对我来说像吸血鬼，
就算是我老板让我精疲力竭，
就算是……

其他（请详细描述）：

我要
回复我的电邮。

好决定做出时间：____年____月____日

从何时开始执行：____年____月____日

个人笔记

或者推迟到：________年

方式：

至少是回复我闺蜜们的电邮。
否则，
我就说我的邮箱出问题了。

我要完成那些已经开始的工作。

方式：

如果我能从结尾开始，
那么不用开始我就能结束了。

其他（请详细描述）：

个人笔记

好决定做出时间：______年______月______日

从何时开始执行：______年______月______日

或者推迟到：

______年

我梦想。

不管是在办公室，还是在地铁里，或是在睡梦中……
反正这又不花钱，而且也不会让人发胖！

其他（请详细描述）：

好决定做出时间：
______年______月______日
从何时开始执行：
年：
月：
日：

或者推迟到：
______年

好决定 No.____

我不再用作弊的手段得到吉祥物。

毕竟，每次都是我得到吉祥物，
这开始引起大家怀疑了……。
而且，小孩们每次都为此哭鼻子。

好决定做出时间：____年____月____日

从何时开始执行：____年____月____日

或者推迟到：

____年

个人笔记

其他（请详细描述）：

好决定 No.___

我不再
开着水龙头刷牙。

我要拯救地球，
我任重而道远。

其他（请详细描述）：

个人笔记

好决定做出时间：____年____月____日

从何时开始执行：____年____月____日

只是，
刷完牙我咋办？……
White
或者推迟到：________年

好决定 No.___

我无怨无悔。

绝不后悔
（除了那个金色的松糕鞋，当时我没买，因为觉得还不够那么完美。）

其他（请详细描述）：

个人笔记

好决定做出时间：______年______月______日

从何时开始执行：

______年______月______日

或者推迟到：

______年

好决定 No.____

个人笔记

好决定做出时间：

____年____月____日

从何时开始执行：

年：

月：

日：

或者推迟到：

______年

其他（请详细描述）：

我决定
不再替他做好决定。

但是，如果我不替他做出好决定，
谁替他做出好决定呢？

我改造世界。

其他（请详细描述）：

好决定做出时间：

______年______月______日

从何时开始执行：

______年______月______日

好决定 No.____

一个用笑容可以抹去所有悲伤的世界。

个人笔记

或者推迟到：

________年

我不再咬指甲。

或者只咬脚趾甲，这样，我可以边咬指甲边做瑜伽。

好决定做出时间：_____年____月____日

从何时开始执行：_____年____月____日

好决定 No.___

其他（请详细描述）：

个人笔记

或者推迟到：

______年

好决定 No.____

我不再唉声叹气。

就像这样：唉…………

其他（请详细描述）：

个人笔记

好决定做出时间：_____年____月____日

从何时开始执行：

_____年____月____日

或者推迟到：

我要戒烟。

其他（请详细描述）：

好决定做出时间：＿＿＿年＿＿＿月＿＿＿日

从何时开始执行：＿＿＿年＿＿＿月＿＿＿日

个人笔记

具体办法：

我浑身粘满贴纸
（我尽量不混淆减肥贴和抗尼古丁贴。）

或者推迟到：
______年

我开始足球扫盲。

好决定做出时间：

____年____月____日

从何时开始执行：

____年____月____日

方式：我要请个教练：
我儿子，我老公……
我要看球赛，
我要边喝啤酒边大喊大叫
我要套上个运动衫。

其他（请详细描述）：

或者推迟到：
______年

个人笔记

我不再乱诅咒。

除了看球的时候。

其他（请详细描述）：

好决定 No.____

好决定做出时间：

从何时开始执行：

或者推迟到：

________年

学会倾听老公（即使在他跟我谈工作的时候）

方式：避免打哈欠！

其他（请详细描述）：

好决定做出时间：

从何时开始执行：

或者推迟到：

______年

好决定 No.___

个人笔记

我尽力而为。

拜托
帮我把这些跳蚤
都清理干净好吗？

请从小到大，按照数字顺序把狗狗身上的15个跳蚤连接起来。

好决定做出时间：

从何时开始执行：

能做到这些已经不错了，其他的我下辈子再说吧。

其他（请详细描述）:

个人笔记

或者推迟到：

______年

好决定 No.____

我热心公益事业。

方式：我找到一个好的理由，比如说捍卫蜣螂（就是屎壳郎）的权益，然后坚持到底。

其他（请详细描述）：

或者推迟到：____年

我活动活动

方式：我边工作边做抬脚练习（轮流抬，先抬左脚再抬右脚）

其他（请详细描述）：

好决定做出时间：

从何时开始执行：

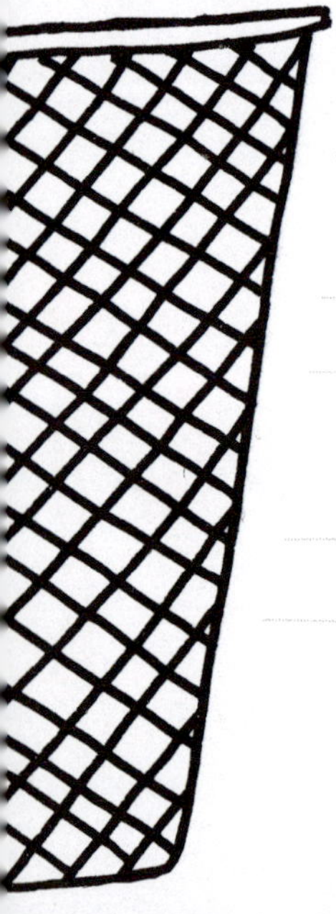

好决定 No.____

个人笔记

我少花钱，多思考……

方法：

思考，然后花钱，然后补偿，然后再补偿……周而复始。

好决定 No.___

个人笔记

其他（请详细描述）：

好决定做出时间：

____年____月____日

从何时开始执行：

____年____月____日

或者推迟到：

____年

我要学游泳。

从此不会再被一杯水淹死。

其他（请详细描述）：

好决定做出时间：

______年______月______日

从何时开始执行：

______年______月______日

个人笔记

或者推迟到：

______年

好决定 No.____

我不再撒小谎

方法：

我要撒就撒大的。

其他（请详细描述）：

个人笔记

好决定做出时间：

____年____月____日

从何时开始执行：

____年____月____日

或者推迟到：

____年

好决定 No.____

我积极乐观，视人生如玫瑰

其他（请详细描述）：

方法：歌唱

好决定做出时间：

______年_____月_____日

从何时开始执行：

______年_____月_____日

好决定 No.____

"每当他拥我入怀……"

或者推迟到：

________年

我不再迟到。

方法：我按时去上班……时间就是金钱哦！

其他（请详细描述）：

个人笔记

好决定做出时间：

____年____月____日

从何时开始执行：

____年____月____日

好决定 No.____

或者推迟到：

______年

好决定 No.___

我对喜欢的人说：我喜欢你。

否则可能就来不及了。

其他（请详细描述）:

个人笔记

好决定做出时间：
______年______月______日

从何时开始执行：
______年______月______日

或者推迟到：
______年

我享受生活。

方法：

借助信用卡

其他（请详细描述）：

好决定 No.___

个人笔记

好决定做出时间：

从何时开始执行：

或者推迟到：

______年

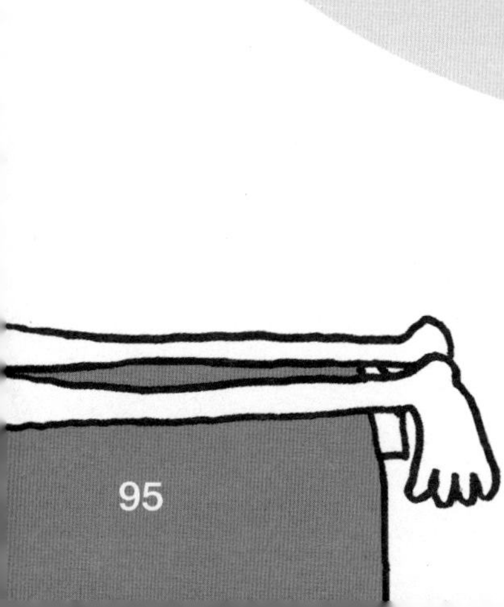

我尝试
成人情趣用品。

方法：

我不会问圣诞老人要，因为他只会送我打蛋器啥的。我也不会去商店偷，因为年纪不小了，我会去买！

其他（请详细描述）：

好决定做出时间：

从何时开始执行：

或者推迟到：

______年

个人笔记

把你最喜欢的菜谱贴在或写在下面

好决定做出时间：

______年______月______日

从何时开始执行：

______年______月______日

或者推迟到：

______年

我不厨。

那个速冻食品没有说明已经有盐了啊，就这么毁了我的美食啊。

其他（请详细描述）：

我多跟闺蜜聚聚。

其他（请详细描述）：

好决定 No.____

好决定做出时间：

______年______月______日

从何时开始执行：

______年______月______日

或者推迟到：

______年

不管是他看足球的时候，还是看孩子的时候，还是他开会的时候，我才不管呢……我要去闺蜜聚会！！

个人笔记

我要做
你的爱情高手

你说啥?
爱经?
别说话，你让我分神了!

其他（请详细描述）：

个人笔记

好决定做出时间：
______年______月______日
从何时开始执行：
______年______月______日

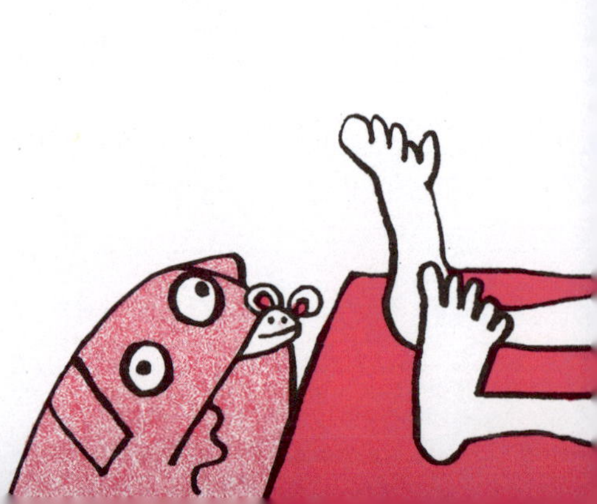

好决定 No.___

或者推迟到：

______年

我一定要搞定。

其他（请详细描述）：

个人笔记

好决定做出时间：

从何时开始执行：

好决定 No.___

所有的所有

我的公寓

我的情人

我的工作

我的老公

请在相关选项上打勾

或者推迟到：

_______年

我不再做好决定。

我只要执行那些已经做好的决定就好了，那也要不少时间呢。

其他（请详细描述）：

好决定做出时间：

_____年_____月_____日

从何时开始执行：

_____年_____月_____日

好决定 No.____

个人笔记

或者推迟到：

年

如果我们把好决定推迟到……

2013

	一月	二月	三月	四月	五月	六月
1						
2						★
3		★	★			
4						
5					★	
6	★					
7				★		
8						
9						★
10		★	★			
11						
12					★	
13	★					
14				★		
15						
16						★
17		★	★			
18						
19					★	
20	★					
21				★		
22						
23						★
24		★	★			
25						
26					★	
27	★					
28				★		
29						
30						★
31			★			

七月	八月	九月	十月	十一月	十二月	
		★			★	1
						2
				★		3
	★					4
						5
			★			6
★						7
		★			★	8
						9
				★		10
	★					11
						12
			★			13
★						14
		★			★	15
						16
				★		17
	★					18
						19
			★			20
★						21
		★			★	22
						23
				★		24
	★					25
						26
			★			27
★						28
		★			★	29
						30
						31

	一月	二月	三月	四月	五月	六月
1						★
2		★	★			
3						
4					★	
5	★					
6				★		
7						
8						★
9		★	★			
10						
11					★	
12	★					
13				★		
14						
15						★
16		★	★			
17						
18					★	
19	★					
20				★		
21						
22						★
23		★	★			
24						
25					★	
26	★					
27				★		
28						
29						★
30			★			
31						

	七月	八月	九月	十月	十一月	十二月
1						
2					★	
3		★				
4						
5				★		
6	★					
7			★			★
8						
9					★	
10		★				
11						
12				★		
13	★					
14			★			★
15						
16					★	
17		★				
18						
19				★		
20	★					
21			★			★
22						
23					★	
24		★				
25						
26				★		
27	★					
28			★			★
29						
30					★	
31		★				

2014

	一月	二月	三月	四月	五月	六月	七月	八月	九月	十月	十一月	十二月
1		日(1)	日(1)								日(1)	
2								日(2)				
3					日(3)							
4	日(4)									日(4)		
5				日(5)			日(5)					
6									日(6)			日(6)
7						日(7)						
8		日(8)	日(8)								日(8)	
9								日(9)				
10					日(10)							
11	日(11)									日(11)		
12				日(12)			日(12)					
13									日(13)			日(13)
14						日(14)						
15		日(15)	日(15)								日(15)	
16								日(16)				
17					日(17)							
18	日(18)									日(18)		
19				日(19)			日(19)					
20									日(20)			日(20)
21						日(21)						
22		日(22)	日(22)								日(22)	
23								日(23)				
24					日(24)							
25	日(25)									日(25)		
26				日(26)			日(26)					
27									日(27)			日(27)
28						日(28)						
29			日(29)								日(29)	
30								日(30)				
31					日(31)							

2015

	一月	二月	三月	四月	五月	六月	七月	八月	九月	十月	十一月	十二月
1					日							
2										日		
3	日			日			日					
4									日			日
5						日						
6			日								日	
7		日						日				
8					日							
9										日		
10	日			日			日					
11									日			日
12						日						
13			日								日	
14		日						日				
15					日							
16										日		
17	日			日			日					
18									日			日
19						日						
20			日								日	
21		日						日				
22					日							
23										日		
24	日			日			日					
25									日			日
26						日						
27			日								日	
28		日						日				
29					日							
30										日		
31	日						日					

	一月	二月	三月	四月	五月	六月	七月	八月	九月	十月	十一月	十二月
1	★									★		
2				★			★					
3									★			★
4						★						
5		★	★								★	
6								★				
7					★							
8	★									★		
9				★			★					
10									★			★
11						★						
12		★	★								★	
13								★				
14					★							
15	★									★		
16				★			★					
17									★			★
18						★						
19		★	★								★	
20								★				
21					★							
22	★									★		
23				★			★					
24									★			★
25						★						
26		★	★								★	
27								★				
28					★							
29	★									★		
30				★			★					
31												★

2017

	一月	二月	三月	四月	五月	六月	七月	八月	九月	十月	十一月	十二月
1				★			★					
2									★			★
3						★						
4		★	★								★	
5								★				
6					★							
7	★									★		
8				★			★					
9									★			★
10						★						
11		★	★								★	
12								★				
13					★							
14	★									★		
15				★			★					
16									★			★
17						★						
18		★	★								★	
19								★				
20					★							
21	★									★		
22				★			★					
23									★			★
24						★						
25		★	★								★	
26								★				
27					★							
28	★									★		
29				★			★					
30									★			★
31												

2018

2019

一月	二月	三月	四月	五月	六月	七月	八月	九月	十月	十一月	十二月
1	1	1	1	1	1	1	1	1	1	1	1
2	2	2	2	2	2	2	2	2	2	2	2
3	3	3	3	3	3	3	3	3	3	3	3
4	4	4	4	4	4	4	4	4	4	4	4
5	5	5	5	5	5	5	5	5	5	5	5
6	6	6	6	6	6	6	6	6	6	6	6
7	7	7	7	7	7	7	7	7	7	7	7
8	8	8	8	8	8	8	8	8	8	8	8
9	9	9	9	9	9	9	9	9	9	9	9
10	10	10	10	10	10	10	10	10	10	10	10
11	11	11	11	11	11	11	11	11	11	11	11
12	12	12	12	12	12	12	12	12	12	12	12
13	13	13	13	13	13	13	13	13	13	13	13
14	14	14	14	14	14	14	14	14	14	14	14
15	15	15	15	15	15	15	15	15	15	15	15
16	16	16	16	16	16	16	16	16	16	16	16
17	17	17	17	17	17	17	17	17	17	17	17
18	18	18	18	18	18	18	18	18	18	18	18
19	19	19	19	19	19	19	19	19	19	19	19
20	20	20	20	20	20	20	20	20	20	20	20
21	21	21	21	21	21	21	21	21	21	21	21
22	22	22	22	22	22	22	22	22	22	22	22
23	23	23	23	23	23	23	23	23	23	23	23
24	24	24	24	24	24	24	24	24	24	24	24
25	25	25	25	25	25	25	25	25	25	25	25
26	26	26	26	26	26	26	26	26	26	26	26
27	27	27	27	27	27	27	27	27	27	27	27
28	28	28	28	28	28	28	28	28	28	28	28
29		29	29	29	29	29	29	29	29	29	29
30		30	30	30	30	30	30	30	30	30	30
31		31		31		31	31		31		31

一月	二月	三月	四月	五月	六月	七月	八月	九月	十月	十一月	十二月
1	1	1	1	1	1	1	1	1	1	1	1
2	2	2	2	2	2	2	2	2	2	2	2
3	3	3	3	3	3	3	3	3	3	3	3
4	4	4	4	4	4	4	4	4	4	4	4
5	5	5	5	5	5	5	5	5	5	5	5
6	6	6	6	6	6	6	6	6	6	6	6
7	7	7	7	7	7	7	7	7	7	7	7
8	8	8	8	8	8	8	8	8	8	8	8
9	9	9	9	9	9	9	9	9	9	9	9
10	10	10	10	10	10	10	10	10	10	10	10
11	11	11	11	11	11	11	11	11	11	11	11
12	12	12	12	12	12	12	12	12	12	12	12
13	13	13	13	13	13	13	13	13	13	13	13
14	14	14	14	14	14	14	14	14	14	14	14
15	15	15	15	15	15	15	15	15	15	15	15
16	16	16	16	16	16	16	16	16	16	16	16
17	17	17	17	17	17	17	17	17	17	17	17
18	18	18	18	18	18	18	18	18	18	18	18
19	19	19	19	19	19	19	19	19	19	19	19
20	20	20	20	20	20	20	20	20	20	20	20
21	21	21	21	21	21	21	21	21	21	21	21
22	22	22	22	22	22	22	22	22	22	22	22
23	23	23	23	23	23	23	23	23	23	23	23
24	24	24	24	24	24	24	24	24	24	24	24
25	25	25	25	25	25	25	25	25	25	25	25
26	26	26	26	26	26	26	26	26	26	26	26
27	27	27	27	27	27	27	27	27	27	27	27
28	28	28	28	28	28	28	28	28	28	28	28
29	29	29	29	29	29	29	29	29	29	29	29
30		30	30	30	30	30	30	30	30	30	30
31		31		31		31	31		31		31

2020

一月	二月	三月	四月	五月	六月	七月	八月	九月	十月	十一月	十二月
1	1	1	1	1	1	1	1	1	1	1	1
2	2	2	2	2	2	2	2	2	2	2	2
3	3	3	3	3	3	3	3	3	3	3	3
4	4	4	4	4	4	4	4	4	4	4	4
5	5	5	5	5	5	5	5	5	5	5	5
6	6	6	6	6	6	6	6	6	6	6	6
7	7	7	7	7	7	7	7	7	7	7	7
8	8	8	8	8	8	8	8	8	8	8	8
9	9	9	9	9	9	9	9	9	9	9	9
10	10	10	10	10	10	10	10	10	10	10	10
11	11	11	11	11	11	11	11	11	11	11	11
12	12	12	12	12	12	12	12	12	12	12	12
13	13	13	13	13	13	13	13	13	13	13	13
14	14	14	14	14	14	14	14	14	14	14	14
15	15	15	15	15	15	15	15	15	15	15	15
16	16	16	16	16	16	16	16	16	16	16	16
17	17	17	17	17	17	17	17	17	17	17	17
18	18	18	18	18	18	18	18	18	18	18	18
19	19	19	19	19	19	19	19	19	19	19	19
20	20	20	20	20	20	20	20	20	20	20	20
21	21	21	21	21	21	21	21	21	21	21	21
22	22	22	22	22	22	22	22	22	22	22	22
23	23	23	23	23	23	23	23	23	23	23	23
24	24	24	24	24	24	24	24	24	24	24	24
25	25	25	25	25	25	25	25	25	25	25	25
26	26	26	26	26	26	26	26	26	26	26	26
27	27	27	27	27	27	27	27	27	27	27	27
28	28	28	28	28	28	28	28	28	28	28	28
29		29	29	29	29	29	29	29	29	29	29
30		30	30	30	30	30	30	30	30	30	30
31		31	31	31		31	31		31		31

2021

	一月	二月	三月	四月	五月	六月	七月	八月	九月	十月	十一月	十二月
1					★							
2	★									★		
3				★			★					
4									★			★
5						★						
6		★	★								★	
7								★				
8					★							
9	★									★		
10				★			★					
11									★			★
12						★						
13		★	★								★	
14								★				
15					★							
16	★									★		
17				★			★					
18									★			★
19						★						
20		★	★								★	
21								★				
22					★							
23	★									★		
24				★			★					
25									★			★
26						★						
27		★	★								★	
28								★				
29					★							
30	★									★		
31							★					

2022

	一月	二月	三月	四月	五月	六月	七月	八月	九月	十月	十一月	十二月
1	★									★		
2				★			★					
3									★			★
4						★						
5		★	★								★	
6								★				
7					★							
8	★									★		
9				★			★					
10									★			★
11						★						
12		★	★								★	
13								★				
14					★							
15	★									★		
16				★			★					
17									★			★
18						★						
19		★	★								★	
20								★				
21					★							
22	★									★		
23				★			★					
24									★			★
25						★						
26		★	★								★	
27								★				
28					★							
29	★									★		
30				★			★					
31												★

2023